LES VERTUS ROYALES MISES EN DEVISES ET PRÉSENTÉES AU ROY A SA MAJORITÉ.

A PARIS,
De l'Imprimerie de SIMON LANGLOIS, ruë saint Etienne d'Egrès, au bon Pasteur.

M. DCC. XXIII.
AVEC PERMISSION.

PREMIERE DEVISE.

LE ZELE ROYAL DE LA RELIGION.

LA TOUR DE DAVID.

C'est de là pour le Ciel que j'emprunte des armes.

LOIN d'icy les projets d'un Prince ambitieux,
Qui peu content d'une Couronne,

Et de l'éclat qui l'environne,
Porte sur ses voisins des regards envieux.
Cet Arsenal n'est redoutable,
Grand Dieu, qu'à tes seuls ennemis.
Il faut que leur orgüeil à tes ordres soûmis
Apprenne à reverer ta puissance adorable ;
Où qu'accablez sous le poids de ces traits,
Une défaite inévitable
Signale ta justice & mon zele à jamais.

SECONDE DEVISE.

LA SAGESSE ROYALE.

UN VAISSEAU PREST A FAIRE VOILES.

De le conduire avec adresse
C'est l'ouvrage de la Sagesse.

POUR fournir une longue course,
De l'Aurore au Couchant, du Midy jusqu'à l'Ourse,
Le Ciel favorable à mes voeux
Seconde mes efforts par ses secours heureux.

Tout eſt calme déja, tout eſt déja tranquile
Sur le redoutable élement :
Je n'attends que la main habile,
Qui me gouverne ſagement.

TROISIÈME DEVISE.

LA VALEUR ROYALE.

UN JEUNE LION EN REPOS.

Malheur à qui troublera mon repos.

JE ne respire que la gloire ;
A mon âge il est beau de signaler mon rang,
Et mon origine & mon sang,
Par une éclatante victoire.

Mais plus touché du bonheur de la paix,
Si j'en préfere les attraits
Au desir de me satisfaire;
Qu'il tremble l'ennemi jaloux,
Qui seroit assez téméraire,
Pour troubler un repos si doux.

QUATRIEME DEVISE.

LA CLEMENCE ROYALE.

UN LION SUR UN TIGRE QU'IL A TERASSÉ.

Il me suffit de l'avoir abbatu.

SIGNALER son bras, son courage,
Répandre par tout la terreur,
C'est où doit borner un grand cœur
Ses efforts & son avantage.

Aux ames du commun on peut abandonner
Les droits ſeveres de la guerre,
La loy des maiſtres de la terre,
Eſt de vaincre & de pardonner.

CINQUIE'ME DEVISE.

L'EQUITÉ ROYALE.

LE SOLEIL MARQUANT LES HEURES SUR DIVERS CADRANS.

Lui-même il obſerve ſes Loix.

MALGRE' les mouvements de ma courſe rapide,
Je ſuis chargé de conduire vos pas.

C'eſt moy qui dois, n'en doutez pas,
Vous ſervir de régle & de guide.
De mon pouvoir ne ſoyez point jaloux,
Ennemi de l'indépendance,
Si j'impoſe des loix à tous,
Ce n'eſt pas que je m'en diſpenſe,
Je les obſerve comme vous.

SIXIE'ME DEVISE.

LA LIBERALITÉ ROYALE.

LA CORNE D'AMALTÉE.

L'Abondance en découlera.

SOURCE inépuiſable de biens,
De tout prix, de toute nature,
Je ſçay trop de qui je les tiens,
Pour n'en faire à vos yeux qu'une vaine parure.

Peuples, je vous prends à témoins
De ma tendre reconnoiſſance ;
C'eſt le plus preſſant de mes ſoins
De les répandre en abondance.

SEPTIÉME DÉVISE.

L'AMOUR ROYAL POUR LE PEUPLE.

LE PELICAN QUI SE SAIGNE POUR SES PETITS.

A ses propres dépens.

VOUS que le Ciel a commis à mes soins,
Unique objet de ma tendresse,

Je ſens trop l'ardeur qui me preſſe
Pour n'eſtre pas touché de vos beſoins.
Quand on aſpire au nom de pere,
Il n'eſt rien qu'on ne doive faire.
Et quoy qu'il m'en doive couſter,
Attention, peine, ſouffrance,
Avec mon cœur d'intelligence,
Sçauront un jour le mériter.

HUITIÉME DEVISE.

LA PROTECTION ROYALE DES BEAUX ARTS.

UN SOLEIL LEVANT DERRIERE LE DOUBLE MONT PARNASSE.

Il fera de ces Lieux un séjour agréable.

A Peine ſuis-je entré dans la vaſte carriere
Où je porte aux mortels la brillante Lumiere,

Que témoin des travaux de ce double vallon,
　　Je vous ay donné mon estime.
Avancez à grands pas dans ce genre sublime,
　　Doctes Eleves d'Apollon.
Si pour me donner place au temple de Memoire,
Votre plume se preste à d'éternels Ecrits;
　　Mes bienfaits me rendront la gloire,
　　D'en avoir connu tout le prix.

G. Fr. Le Jay, D. L. C. D. J.

www.ingramcontent.com/pod-product-compliance
Ingram Content Group UK Ltd.
Pitfield, Milton Keynes, MK11 3LW, UK
UKHW020457220726
13923UKWH00006B/2607